随筆

世に問う心眼

渡部 平吾

東京図書出版

世に問う・心眼◇目次

人間の力を超えるもの

ノーベル氏はダイナマイト、アインシュタイン氏は原爆の基を発明した。世界唯一の被爆国の日本では東日本大震災で福島原発がメルトダウンした。ソ連のチェルノブイリ、アメリカのスリーマイルの事故でも大きな被害が起きた。これはとんでもないできごとだ。世界の国はウランを燃やした灰の始末一つできないのに何百もの原発を造っている。核の灰を埋める所は世界でただ一つ、フィンランドの地下数千メートルにあるオンカロだけだ。人間よ、これ、どうするの。立派なマンションでも肝心なトイレがないということだ。これで住めというこことだ。住めるわけがないじゃない。

人間はあまり思い上がらないことだ。地球の寄生動物にすぎないじゃない。この世で栄えて滅びなかった生物はいないんだ。

原発は電気をつくる。電気をつくるのは簡単、なんでも回せばできる。自転車の前輪につけたモーターが回ってライトがつく。それと同じだ。水力発電は重い水をおろして水車を回す。火力は「石油、石炭、木材」を燃やして水蒸気をつくり、それをプロペラに吹きつけて回す。原発もとてもシンプル。危険なのでウランを三百本以上の細い管に入れ少しずつ燃やす。そして蒸気をつくる。しかしこのウランは太陽と同じ、地球のマグマとも同じ、核分裂で何百と分けたもののミスでうまくいかなかったら、それこそ大変だ。沢山の放射能を出す。放射能は半減するのに、何百、何千、何万年もかかるというものまで、さまざまである。人間はたかだか、生きて八十年だ。この放射能が人間のDNAを切ってしまう。一つくらいなら、トカゲの尻尾と同じで再生できる。一度に五〜六カ所切断されれば無理だ。

受けた放射が強ければ死ぬしかない。

今から百年、または七十年前はランプだった。

ランプ↓行灯↓提灯（携帯行灯）↓油を燃やす↓火鉢↓たいまつ（松明、炬火）↓

火そのものである。行灯やランプで過ごした時代の方がはるかに長いのだから、それらに学ぶべき所が多いのではないのか。スイッチを押す。プッシュするだけで、昼間なみの明るさになる。人間はとんでもないことをやり始めたものだ。

原爆、水爆の直接体験は日本人だけ。広島、長崎のピカドン、それは超小型のリトルボーイだ、今のは大人なみだ、日本など二〜三発で立ち直れなくなる。世界にあるこれらの爆弾で、地球そのものの存在すらなくなってしまう。恐ろしいことだ。それがわかっていながら核を保有する。この心理はなんなのか、解明できますか?!

スマホ、ケイタイ、この機能は十〜二十以上だ。まさに魔法の超小箱だ。アラジンの魔法や孫悟空のようなものだ。

私はこのようなわずらわしいものを持っているが、他人には番号を知らせていない。私が持っているのは最近公衆電話が少なくなったり、また小さい駅やビジネスホテルに電話がなくなってしまっているからだ。

オリンピックは世界の親善友好になっていないのでは？

近代オリンピックは、はるか昔の古代ギリシアで四万人ほどの都市対抗陸上大会をクーベルタン男爵が提唱して始まった。しかし最近あまりに肥大化してはいないか？　夏の大会、冬季オリンピック、パラリンピック、そして競技の数もふくれにふくれあがっている。氷上を滑るリュージュや、その他、平常ではやれないものが多い。パラリンピックもボッチャとか、ほとんど知られていないものが多い。

主要な種目は、ほとんど世界大会をしている。テニスやゴルフは、年五〜六回している。なのにオリンピックでする必要があるのか検討すべきではないのか。人口五十万から十五億の国々が勝てば国旗掲揚と国歌斉唱、これになんの意味があるのか。国家間競争をしているからロシアをはじめドーピング問題も起きる。すっぱり切って個人をたたえる唄を流して十分ではないだろうか。

元来、個人表彰であったのでは？　どこからまちがいが起きたのか？

あまりに巨大化し、二兆～三兆円と費用もふくれあがっている。今、世界は不況だ。今後もあまり経済成長はないだろう。

一部でしか行われていないマイナーなスポーツもやるべきではない。

御破算で一から考えるべきではないのか。

ＩＯＣ、ＪＯＣの役員諸君、反論して下さい、反省して下さい。

五常任理事国は不成者国家だ

まずアメリカ。軍事費七十兆円のとんでもない軍事国家だ。そりゃそうだ、約五十近くの合衆国だもの経済も大きい。しかしローマ帝国に学んでいない。なぜこんなムダなものに投資するのか、もう落ち目だけど、それに核大国だ。

中国は貧富の格差、とくに農民戸と都市戸は五〜十倍の差があるのに最近海洋進出を始め、東シナ海は自分のものだとのさばっている、核大国だ。

ロシアは、長い共産大国で、民主性が育っていないスパイの親玉プーチンが握っている。黒海進出をめざしている。何を考えているのかよくわからない。国民の声が聞こえてこない国だ。

イギリスはイギリス病から立ち直っていない。もう相当落ち目の国だ。最近ＥＵから脱退した、核国だ。

フランス、この国は言語に誇りを持っている。しかし資源がないので原発が百もある。核国だ。

ね、そうでしょう、五カ国全て不成者でしょ。これが拒否権持っているのだから、どうしようもない。まず国連を解体させ、新しく出直すべきじゃないのか。拒否権などはなくし、最高決定機関は総会にすべきだよ。

これじゃヤクザ社会と同じだ。強い者が幅をきかしている。

常任はなくし、理事国二十くらいにすることも検討すべきかも。とにかく、英知を集める、早急にだ。

これからは人工知能（ＡＩ）とロボットの時代になるのではa？

まず、電子から量子コンピューターになれば百倍の能力を持つコンピューターになる。

現代の米粒ほどの半導体が更に小さくなり、砂粒になるかもしれない。多くの物がオートマ、流れ作業でできている。車のハンダづけなどロボットだ。最近サービス関連の身近なスーパーやコンビニのレジが自動化、ロボット化している。自分で袋に入れると値段が出て、その金額を払えば良いということだ。病院の支払いもそうで、領収書まで出てくる。

文科省はもっともひどい利権省になっている

現在、文科省がＯＢを介して、人事部、事務次官含めて、各大学や研究所、関係する所に組織的に、それこそ省をあげて天下りをやっていた。

ガバナンスゼロだ。

だいたい二十年前、全国に二百五十もの無試験大学をなぜ造ったのよ。国会議員、省の責任じゃない。これで試験なしだから、この点でも学生の成績が落ちた。これは親からの授業料サギだ。

私はかつて高校の教員で社会福祉施設の理事長をしていた。中学生の問題集から五教科、基本的な問題の筆記試験を保育士にさせている。ところが、幼保養成校が群馬県内で三から七～八校に増加、全て無試験大学になった。

保幼の各協会が統一試験を部会内の統一試験部会で実施。筆記と作文、そして、本人の本籍地、住所、希望方向、点数、ランク、本人の写真で、十月一日から、求人を学校に出さず、学校も本人もなんの就業条件も知らされず、採用していた。当園のテストでは以前は最高の人は八十五点も取っていたのに、今は最高でも六十四点だ、学力を向上させるはずの役所が学力を落とした。

労基法違反で労働局にこのやり方を是正させ、求人のあり方という冊子を労働局は総会で配布した。

超少子化で高・中・小学校で統廃合が各地で起こっているのにバカだ。保護者からの授業料サギだよ。

一般会計、二十もの特別会計、特別法人、地方の赤字統合をすると日本は三千兆円の赤字になるのだ。赤ちゃん含めて一人二千五百万円の借金なのだ。もう、アウトだ。私は自信を持って言う。

それにオリンピック、万博、リニアモーターか、クレイジーだよ。

厚労省は何でもいきなり下にやらせる

あのバカな文科省でも、新しいことをする時は三年くらいモデル校を指定して下に降ろしている。でも厚労省は厚生省の時から、老人や乳幼児に関していることなのに、ストレートに下に降ろしてくる。一時保育、子育て支援、放課後デイサービス、学童保育など、下や地方で実施して問題が出てくると、いつもあわてて、運営のルールや書式、検査制度をつくり、押しつけてくる。

私が一時保育のプランを全国で一番くらいに早くつくったら、省の役人二人が来て、私がつくったデイリープランや書式その他、全部持っていった。

私が老人関係のなにかをつくろうと研修会に行ったら、参加しているメンバーの面々が、福祉とはとてもいえないような空気であった。老人ホームに三億〜四億の内部留保金があると報道されると、やっきになって対策を取りはじめた。参加した人達は、これまで土木、建設、ガソリンスタンド、製材所等をしてきたメンバーのように思う。

質の向上をと、あわてて社会福祉法人の大改定、評議員会設置の義務づけ、地域貢献への期待、独立委員の義務づけ、形だけ三権分立のようにし内部牽制を図るということだが、金の保障はない。完全に地域が崩壊しているのにどうすれば良いのか、その辺を分析、認識していない。社会福祉法で老人を扱う分野は二年くらい研修させ、その後基本的なことの試験をして、合格した所にだけ業務を運営できるようにする等、考えられなかったのか、役人の矜持やガバナンスがない。

厚労省は前のように厚生省と労働省に分離すべきだ

ますますの超高齢化、虚弱児、障害児の急増、やることが山ほどある。今後増えることはあっても減ることはない。

労働問題もそうだ。超長時間労働の問題の抜本的解決、働き方改革、労働基本法、公務員、教員に課した労働権の制約、禁止の解消、これらは待ったなしだ。九十五パーセントが勤労者だ。女性の給与が男性の六十パーセントという問題、非正規の急増と正規に対して六十パーセントの低賃金という問題、労働裁判の短期化、夏季休暇の問題と山ほどあるじゃない。

それに労働基準監督署があまりに少なすぎる。この省は分けるべき。逆に国土交通省は省から庁に格下げすべきだ。世界一のコンクリート国家は過去の話にしなければ、三十年後には町村がなくなる。道路はもう補修のみで十分ではないのか。

バブル進行中

前回、アメリカ様に気がねし、またアメリカの貿易赤字の為、日本は必要もない内需拡大をし、いらないものをつくりすぎ、利率が二〜三パーセントと低いので千三百五十兆円のバブル化に。

今、日銀はマイナス利率、それで人口減なのに土地、アパート、マンションの建築に投資をし、今、前回を上まわる貸し出し増、千五百兆円。まったく根茎がないのに、無理やり花を咲かせようとして種なしになるようなものだ。

バックの三千兆の借金を見ていない、片端なやり方だ。国民を貧しくして、インフレになるわけないじゃないですか。外国の安い所にシフトして生産しているのだから安く入ってきているし、インフレで得するのは借金している人、企業だからね。わかっているのですか。

はつらつ？　高校野球、箱根駅伝

両方とも新聞社が関与しているからか？

はつらつ、すばらしいですか、ほんとにそうなのか。

特に選抜高校野球、どうせ昨年の地方大会の成績で誰か（高校野球連盟）が決めているのだよ。こんなのに出場するとなると新学期は大変、勝ちすすめばすすむほど金がかかる。先生は休みなし、残った生徒はほったらかし。適当に授業していれば良い。この高校野球の大会に出て監督した先生の話だと、はつらつなど、とんでもないとのこと。先生は大変だって。

そう言えば常連が多い。それもほとんど私立高だ。

全国で私立高は五パーセント程度、全国大会に出ている私立高は八割以上だ。

そうだよ、県内外から金で優秀選手を集め午前中は授業するも、午後は早くから野球漬け。夏休みなどずっと合宿だ。自分の生活など、監督にはない。箱根駅伝もほとんど私立だ。群馬のある大学も大変な金を出して集めた選手だ。

これで学校の名を上げよう、メッキでもなんでも箔をつけようと見掛けだけでも良くしようと涙ぐましい努力をしているのだ。

ようするに私立学校の広告塔にしているのだ。そうでしょう、野球バカだとあのKさんみたいになるのだ。だってプロ選手だって年収五百万以上なんてほんの一部だからね。

なんでも裏を見るんですよ。正面だけじゃだめなんです。三角視点が大切だと思います、ハイ。

人口七十億人!!　とんだことだ

日本はこれから百年で三千万人くらいに人口が減少するが、世界では産業革命時は八億人。それが今や七十億人。これから更にイスラム人を中心に人口爆発し、まもなく百億人という話がある。しかし大地を砂漠にしムダな軍事費世界二百兆円超、どうするの。

国連で、生き残っている生物百七十万種の半分が昆虫だから、昆虫を食べようという話まで出ている。確かに日本はイナゴ、ザザ虫（黒川虫）、蜂や蟻の卵や蛹を食べる。人間は雑食だから、良いかもしれないが、それで食べすぎたら、どうなるの。今まで消えた百五十万種は人間のしわざだよ。食物連鎖が途切れちゃうじゃないですか。

今人間の存在が地球にとって悪なんだよ。あちこち掘って、トンネルつくって、水を入れて、地球は本当にやっかいな生き物を背負ったと感じていると思う。この地球で栄えて滅びなかった生き物はいないんだよ。人間よ、たんなる寄生生物なんだから、業や欲に走らないで。

身にしみて考えなければ。

菌やウイルス（かつての黒死病、ペストでヨーロッパの四分の一が死んだ）の問題、電子文明の過剰、Ｆ１その他のバイオ生物等、いろいろと人間の滅びの本も書かれている。

度の過ぎた行為は、「なぜ？　どうして？　何の為に？」と考えなければならないんじゃないですか？

地球はせまくなり、もつれあいだ

特にアメリカは国と国の合衆国だ。ＥＵはインドと同じ面積、人口も両方三億人、四億人の巨大市場になる。いろいろあるだろうけどＥＵも合衆国になるのではないか、将来は。

もう国際貿易でもつれあっている。

労働賃金も日本一日二万円、中国一日五千円くらい、東南アジア一日三千円、アフリカ一日二百円くらい。それが全世界がやがては同一労働、同一賃金になるであろう。この格差で、先進国やユダヤ商人は儲けている。特に「ロイヤル」ロスチャイルドは駅馬車で安く買い、高い所で売りつけ巨万の富をきずいた。

これも、そのうまみは国際化と共になくなるのではないだろうか、いつかは。

日本の再軍備、米軍の駐留はアメリカの為である。よく考えて下さい

冷戦で共産主義が米国に及ぶのを懸念して、反共の砦にする為に日本を当初警察予備隊、保安隊とし、朝鮮戦争に備えた。ベトナム戦争もそうだ。ドミノ倒しで太平洋を渡り、アメリカ本国に来るのを止めたかったからだ。あのような腐敗した南傀儡政権を立てて枯葉剤まで使って、アメリカ本土に来るのを懸命に防止しようとした。これが本音だ。金持ち連中、ユダヤ財閥が。

日米安保は日本の為ではない。アメリカの為に日本を半植民地にすることが必要なのだ。事実、日本の空はアメリカの空だ。日本の民間飛行機が日本の空を自由に飛べない。

日本人まで信じこまされている。アメリカ軍隊は日本から出ていっても何も困らない。

日本人の若者はなぜいつまでも結婚しないのだ

これはなかなかむずかしい。必ずしも日本だけではないし、日本だけ突出している面もあるけど。

平安時代の結婚年齢は十一～十二歳ですが、これは形だけで実際をともなっていない。『赤とんぼ』の唄で私を背負って子守りをしてくれた「ねえやは十五で嫁にいって、お里の便りも絶えはてた」。

明治・大正はそうだったようだ。十五歳というと中学三年だ。女の人は十一歳かその辺で初潮があるという。だから子供を産める。高校生の十六～十八歳が、男女共非常に生殖活動が高い。経済面の生活の問題はあるが、女十五歳、男十九歳が理想的である。ところが大学まで学力がないのにいっちゃう、やっちゃうので、大学卒業は二十二歳だから、しばらくは女二十四歳、男二十八歳できていた。それがある時から、男女共三十歳を過ぎるようになってしまう。

植物なんか沢山実をつけすぎると良くないので、その前に枝を剪定する。つるを切る。すると生物自体が危機感を持つのか、わき芽が沢山出て良い実が沢山つく。

イスラム人なんかラマダンがあり、堕胎を認めないし一夫多妻の風習もあるから、生活宗教になってもいるし、どんどんイスラム人が増えている。しかし洋犬などは人間が助けないと交尾もできないという話もある。

人間の子も飽食で大切に育てられすぎて、ギンギンギラギラにならないのではないか。人間以外は春に一回の繁殖期、生殖時期がおとずれるが、人間は、特に男は一年中、女は月一度だからこの面でも人間は特殊なのだ。でも今、セックスレスの人もいるとか、回数も少ないとか、精子の数も昔は一回で一万以上だったとか。それが今三千~四千とも言われている。どうせ恵まれすぎちゃったんだろうね。でも聞くと、子供は三人くらいはと言う。しかし、日本は教育に金がかかる。これもミスマッチで塾なんかいく必要はない。逆に真の学力はつかないんだけどね。

でも悩ましい問題ですね。出生率が二・〇を下まわると、いくら病気にかからなくても人口は減少しますし、ねー、どうしましょう。

老人大国、日本

二十五〜三十年後、際立って老人大国家になる。一分の一だそうだ。〇〜十八歳を除いて一分の一だ。でもこの分母があやしい。ニート百万、引きこもり百万、フリーター数百万、働いていてもコミュニケーションをうまくとれない人が三百万人。最近の〇〜五歳、六〜十二歳、とても人間になれない、集団で活動できない人が十五パーセントもいる。二十人に三人だ。そして、特に問題なのは、外で遊ばず、主体的に行動できない非常にかよわい若者になる。この人達が激流を渡れるかだ。それが難問なんです。分母が一でなく三分の一か、二分の一なんですよ。

どうします、日本国民。

なぜ暴力団はなくならないのか

さて、暴力団とはなに者なのでしょう。

国定忠治のような法を犯すヤクザでしょうか。それとも私兵「ガードマン」なのでしょうか。あちこちに顔がきく地域の顔役でしょうか。山口組（関西）、松葉会（関東）会員は十万人くらいとも、またそれ以上とも言われているが、実際にはわからない。でも暴力団に関係する映画って多いんですよ。それに人気があるんです。

その中で入れ墨が必ず出てきます。外国でも肢とか腕にちょい入れ墨をしている人がいるが、日本人のようにまむしの皮みたいに背面全体を極彩色にするほどの人はいません。あれ、すごく痛いんだって。何しろ皮の下に墨を入れるから一生取れない。取るには体をやけどさせなければならない。だからはっきり痕が残るわけだ。

漢書地理誌の『東夷倭人伝』によると日本人は入れ墨をしていたと載っていたと言

われる。アイヌ人も少し入れ墨をするし、南の原住民もしている。これをすると一人前の男として認められるという証しなんですが、ヤクザ用語でシマを荒らしたから仕返しを恐れて頼むことになり暴力団が必要となる。

シマとはアイヌ語で地域のことだ。

だからなわばりだ。

かってにこの繁華街、飲み屋街は俺達が守ってやると言ってしのぎ（金）をむしり取る。蚤虱のようにたかって血を吸い取るのだ。

これに目をつけられると大変だ。

暴力団はなわばり争いで喧嘩するし、殺人事件も起こす。麻薬を密売し儲けるし。あとはフィリピン人等に芸能界へのスカウトなどと嘘をついて日本に来させ、パスポートを取り上げ、売春をさせる。または人身売買、人さらいもする。まあ、やはり、人の血を吸い取る壁蝨ですよ。強きをくじき弱きを助けるんじゃなく、その逆です。やはり需要と供給の関係で一番利用しているのは自民党等の利権政党と企業。一番使うのは銀行かな。地上げ屋なんて暴力団だよ。日教組の教育研究大会などボリュームいっぱい上げて近所迷惑をする。これは右翼もからむが暴力団です。本当になくすなら、事務所に銃や刀が必ずあるはずだから、いきなりガサいれするんだよね。全国に警察官が五十万〜六十万人いるのだから。これやってないもの?

私は本当になくす気ではないと思うけど。

江戸時代の奉行の役人の下に岡っ引き、下っ引きがいて、この人達は表は取り締まる、裏は地元の顔役、ヤクザみたいな者だ。清水次郎長なんかそうだ。幕末の時なんか官軍に協力している。蛇の道は蛇だ。同根なんだよ。高校出の警官は高校生の時、警察にお世話になった人や柔道をやっている人が多いのだ、本当だよ。

警察だって本当に国民の為になっているのか疑問だものね。国民をハメたり、ないことをでっち上げたりして権力側につくことが多い。それが事実だ。また電話帳や警察官の名前を利用、または協力させ、ニセ領収書をつくり、仕事をしていないのに、したようにして、公金をネコババしている。とんでもないことだ。また、この領収書を書くのを拒否した警察官をありもしない容疑で、でっち上げ、解雇している。上司の署長などが異動する時、部下から沢山の餞別をまきあげていくなどの悪習も日常化している。法を守るべき行政官なのに矜持がまったくない。

名称権を売るな

群馬県では、県民会館→ベイシア文化ホール、グリーンドーム→ヤマダグリーンドーム、県陸上競技場→正田醤油スタジアム、もっとある。いくら地方自治体の財政が厳しいからといっても、年に二千万～三千万の寄付を受け、何十億円という税金を使った県民のあたかも財産を売ったかのように恒常的に名称権を与えるのは、財政管理上違法である。十分な議会の論議もなく、県民への説明もない。県財産を県内大手企業に売却したかのような処置は許しがたい。それでなくとも、群銀、ヤマダ電機など県内大手企業との癒着が問題となっている。すでに道路やその他のインフラで多大な便宜を図っている。これらを考えると、常軌を逸した対応ではないか。

ただちにやめるべきだ。他県も告訴される前に早急に是正すべきだと思うが、どうだ。

私は初詣をしないことにした

以前は農家の居間の上には神棚があり、皇太神宮、大黒、恵比須等六つくらいの神が祀られていた。今の若い人の自宅やアパートに神は一つも祀られていない。しかし一月一日には、誰しもが着飾って近くの神社や明治神宮、成田不動尊、一の宮などに大移動し何かと祈っている。このようなことは、はたから見るとどうなのだろう。イスラム人には一生に一度はやればいいというメッカへの大巡礼があるが、とにかく異常な、世界にない行動だ。

日本では明治政府の要人は二十代の下級武士出身者なので箔をつける為に、どこの誰かもわからぬ猫背の幼い子供を明治天皇にした。廃仏毀釈と国家神道にし、伊勢神宮を頂点とし、全国の過去のその地の主、氏神様をかってにランクづけ系列化している。だから、各地の神社の由来は、伊勢神宮を中心としたもので信用できない。その前の史料があれば、それこそが正しい。

日頃いいかげんな生活をして一年に一度「初詣」のお祈りをしても、どうなるものでもない。

よく考えると不謹慎だ。大変な時は藁をもすがる気持ちにはなるが？

ここに、いまだに神代の国や天皇中心に真光を世界にと、うごめいている奇妙な集団がある。それが現実の政治を動かしていることを、もっと国民は知るべきだ。

谷口雅春が戦前から大本教に入り、そして個人誌『生長の家』を発行。彼の著作『生命の實相・甘露の法雨』など病気の治癒や人生の苦等の人間なら誰でも遭う難に対して多くの著作を通して信者を拡大し、「生長の家」の宗教をつくりあげる。浅沼稲次郎（日本社会党委員長）を殺害した山口二矢は生長の家に共鳴していた。生長の家をバックにもろもろの右派勢力をまとめ日本会議をつくる。その前に日本を守る国民会議があり、それらの中心となったのは国会議員の村上正邦、黛敏郎、宇野精一、清水幾太郎、松村剛、香山健一、井深大（筑波大、学習院大、拓殖大）、武見太郎（日本医師会）、瀬島龍三（伊藤忠）のメンバー等。議長に国連大使の加瀬俊一、運営委員長に黛敏郎、事務総長に明治神宮宮司、副島廣之。

その後に日本会議をつくるが、その中心となるのは椛島有三、彼は長崎大の自治会をたばね、全国の左派に対し、右派の生学連→全学闘→日学闘をひっぱる。日本会議の名誉会長は元最高裁長官の三好達氏。事務総長に先の椛島有三氏である。三島由紀夫の楯の会で共に死んだ森田必勝も生長の家に共鳴していた。

この日本会議のメンバーのバックに解脱会、黒住教、三五教、モラロジー、佛所護念会、比叡山、靖国神社、念法真教、真光教がある。ちなみに石原慎太郎もメンバーである。かつて国柱会の田中智学が純正日蓮主義を掲げ八紘一宇の造語をした。天皇国日本は世界最大の文化的創作で、日本皇室が世界を統一しなければならないとしている。

中心は資金だが明治神宮を主体とする神社本庁だ。拓殖大、明星大、理事長は明治神宮。

彼等は地方の県市町村から議決させ中央へまず建国記念日↓元号法制化↓『君が代』の国歌斉唱……↓教育基本法の改悪……日本国憲法の改悪に進もうとしている。日本会議懇談会に加入しているのは自民衆議員国会議員八十五人、参議員六十一人、維新十五人、民主八人、次世代六人、日本を元気にする会一人、無所属五人。日本会議は全国を九ブロックにし、その下に各支部、各地方議員千人、まさに全国津々浦々を完全網羅している。

第三次安倍改造内閣は十九人のうち十五人で八十パーセント、官邸スタッフは全員、特に内閣総理大臣補佐官（教育再生少子化担当）衛藤晟一は生長の家出身で最側近である。防衛と教育は安倍政権と日本会議が重視する所で全て日本会議出身だ。まさに日本会議に乗っ取られた日本会議内閣と言って良いのだ。知っていました？

大資金を出しているのは神社本庁で、その多くが初詣金である。だから私は、この時代はずれの活動に反対し今後初詣はしないと決心する。学校法人森友学園は幼児にすでに失効している教育勅語を暗唱させて「戦争法は通って良かったね。朝鮮、中国の動き反対」、運動会で「安倍総理バンザイ」と言わしめている。日本社会が無関心になったのと彼等が力を持ってきたあらわれで、これらは一部表面化したもので鉄槌をくだし二度と立ち上がれないようにたたくべきだ。二度と黒闇の集団の蠢動を許してはならない。国際的文化と科学で喝破すべきだ。再びナチスと同じ国家社会民主の道をたどってはいけないのではないか！

盗っ人はなくならない

昔は今よりも適切な言葉で表現している。追いかけて奪い取るから「オイハギ」、人をつかまえて売りさばく「ヒトサライ」、ね、よくわかるでしょう。

石川五右衛門が釜茹でになる時、「私が死んでも泥棒の種はつきない」と言ったとか。資本主義は金が金をうむから、なんらかの対策、システムをつくらないと格差が大きくなる。共産主義国家だって、市場主義をとったから十パーセントの人が三分の一の財貨を保有するまでになってしまった。

福祉社会にしないからだ。遺産などほとんど没収するか、格差税金にすることだ。でも、やる気をなくすという問題もある。

人間の社会の調整はむずかしい。新しい価値観の哲学や社会学が登場しないかね、そろそろ本当に。

国体はなぜ開催県が必ず優勝するのか？

国体は毎年順ぐりで開催県が決まり運営しているが、人口の差、東京約千二百万人、石川県約百十万人と、その県ごとに大差があるのに、どういうわけか必ず開催県が規定事実のように優勝している。この要因はどこにあるのだろう。皆さんは、どうですか。そういうものだですませていませんか。

開催県のこれでもかの涙ぐましい努力があるようだ。まず天皇がくるので、そのコースの道路、橋、建物が整備され、ピッカピッカになる。十年くらい前から少しでも地元に関係する人を地元選手にする。体育教師を教育界や役所に採用する等をしている。当群馬県でした時は渋女高の体育館は柔道の試合の場になるとして、従来と異なり、必要以上の大きな立派な体育館ができた。床はワックスでみがき、私等行くと叱られそうだ。サンダルで入れないみたい。渋女では体育の先生が生徒に柔道ダンスを教えて、大会で披露した。

床は毎日モップできれいにしている。

組合でわずか五〜十分早く帰り地域集会に行く等の時は、居る先生全員職員室に集められ、座らされる。玄関を出る先生を事務長や教頭が時計を見ながらチェックしている。

それなのに国体に関しては、休講や休みなど平気でする。どこに、この大会に価値があるのか、わからない。こんな無理してやる必要はないのでは。それでなくとも、体育関係の部活の顧問の先生は土日休めない。

こんなに無理してやるところに問題があるのではないか。八百長試合もあるのではと考えてしまう。渡り鳥選手もいるという話も聞こえる。

花博も各県順ぐりだ。これで利益があがるのは植木屋だけじゃない。それも土に根をはらないポットが九十パーセント、十日間くらいポット乱立、花の町など夢の話だ。

世界一の超労働時間、あまりに異常だ

日本経済は少数の大企業と多くの中小零細企業があり、大企業の子請け、孫請けとなり外国に安く輸出できた。また好不況のクッションの役割をした。一応先進国なのに、いまだに夏季休暇がない。それどころか夫の帰りは九時、十時だ。他国の自殺者はいても千人くらいなのに日本は三万人だ。経済生活に関した自殺者も八千人もいる。遅く帰るので他国の子供の部活は親や地域のボランティアなのに日本では学校でしている。また学校まで受験予備校にしてしまった。

とても外国人には理解できない日本社会である。

超勤は、手当をだしていないのだから、二重の労働問題だ。社長が自ら働きなさい。

そうしたらわかるんじゃない。

日本は産業別じゃなく企業別だから労働者は闘いにくいんだよね。
でも、この超時間労働は人権無視だ。
健康で文化的生活は保障されていない。
日本国憲法違反だ。

大人までゆるキャラブーム

あれって、アメリカの子供番組からじゃない。そして、ウルトラマンとか、〇〇〇〇〇ゼットとか、あれぬいぐるみだよ。私一回入ったけど夏なんか暑くて、くたびれる。ようするにぬいぐるみ人形よ。なんということはない。

群馬はぐんまちゃん、富岡はお富ちゃん、熊本はくまモン、彦根にはひこにゃん。あまり変わり映えしないから、これで目立ち売らんがななんだろうけど、どうかね。この現象、私が古いのかなあ。

でも、大人が騒ぐほどのもんかね、マークとか印ばんてんは昔からあるから、まあわかるけど、オリンピックなどもあるし、しかし東京オリンピックのは地味すぎない。あれじゃ、なくてもあっても同じよ。うったえてくるものがないね。

まあ、しかし、ゆるキャラブームは文化的に高いものではないと思うけど、どうなのかね。もっと視点を変えるべきじゃない。本質を掘り下げるべきだと思うよ。本当の個性とはとか、どうすべきかとか、流されないで考えることだと思うよ。なにごとも、なにごとも。

沖縄と台湾、ホンコン、マカオは独立したらどうでしょうか

沖縄は、前の大戦で四分の一もの島の人が亡くなった。その後、アメリカの戦略の為に一時は半分近くもの土地が米軍に接収されて、今はまた、危険な普天間をなくす代わりに辺野古に飛行場を建設強行しようとしている。

日本の米軍基地は日本の為でなく限りなくアメリカの為なのはわかっている。なぜ、グアムにしないのか、ほとんど同じ距離ではないか。グアムに修理や遊ぶ施設がないからではないのか。日本の政府も政府だ、腰ぬけそのものだ。

大臣ではなく大司にすべきではないのか？　正しくは

古代に日本中の王を京の都に集め貴族とし、無罪無税、無兵とし、正三位従三位以上はどんちゃか遊んでいた。そして治政もしていた。大王の臣、大王とのつながり、連があった。大臣は公民の親玉というわけだ。現代は、国民主権、民主主義だ。だから司＝役人だから、政府の主な官僚、役人は大司にすべきだ。

このようなことをしているから、必要のない天皇制と元号など世界に通用しないものを後生大事に持っているので、神代の時代・皇国日本、世界に真光を照らすなどと盲目の奴等の日本会議などのワナに国会議の多くが、たぶらかされているのだ。日本国民として恥を知れ、恥を！

エッ、家を建てた、浪漫亭

相当昔になるが、お金もなにもなく、おどっざ（父）が自分の家を素人なのに建てた。

軒さきも低く土間の広い住む家を造った。

私は職業科出身で、小さい時から鍛冶屋、桶屋、家の建設工事現場を見るのが好きだった。

ある日、思い立って、子供の病気で早く退職したその退職金で地続きの土地に別邸をつくり始めた。まず土台、細く長いビニールの管を買い、バケツに水を入れ、二間と二間半の隅に棒杭を打ち込み、それで水平を取り杭に印をつけた。次に穴を掘り柄沢石材店にお願いし白河石を置いた。その上に木の土台と柱、柄をのみで掘り組み合わせ、その土台に同じように穴を掘り柱を建て、各柱に貫を木の槌で叩いて入れた。朝早く近所には申し訳なかった。カーン、カーン。

次に屋根の棟木に垂木を釘で打ちつけた。上棟である。萱《かや》の屋根は難しいので、同じ班の田中さんが紹介してくれ沼田の屋根葺き職人が葺いた。土間の下一メートルに炭を一メートル敷いた。湿気取りだ。室（土の中なので14℃、保存用の穴ぐら）や囲炉裏も手造りで、田舎の自在鉤をつるした。職人に戸や窓はつくってもらった。看板「浪漫亭」を佐俣さんに書いていただいた。隣近所の男衆で落成祝いをした。また保育園の冬のおやじの会もここで何回かしている。

兎追いしかの山、小鮒釣りしかの川

今の子は誰も外で遊んでいない。故郷はない。故石川啄木の「ふるさとの山に向ひて言ふことなしふるさとの山はありがたきかな」の情念はない。

昔の里山「共有地」はおじいちゃんは山へ柴刈りにでわかるように小さい木を鉈や鎌で切る（火を燃やす時に薪に火をつけるのに必要）。

更に木の葉を腐葉土とし肥やしにしたから里山は今と違って公園のようにきれいだったのだ。その山を小一から中学二年くらいの異年齢集団が巻狩りの手法でナベやバケツをたたきながら、だんだん仕掛けておいた網の方に兎を追い込む。穴の中にいる兎を追い出す為に土をドンドンと踏み、音を立てる。兎の習性で横に行かない、前に進むだけ。それで二～三匹くらいの兎をつかまえて皮と毛を取り肉を食べる。毛皮は商人に売る。兎は運動をしていて臭いもなくおいしい。

エッ、君、理事長

私は定時制の時、どういうわけか、長時間乳幼児保育所の運動に関わり、事務局長↓運営委員長、そして出す期限がきても成り手がなく理事長に。だって会議は夜で年二回だから大丈夫よ。生協の常任理事にも。これも金は一銭ももらうわけではないし、やはり定時制で昼間は用がないし。

公務員、教員は日本だけ社会的なこと、市民的なことが何もできないように思わされている。選挙だって、会計責任者か選挙責任者。ウグイス嬢などをしなければ大丈夫よ。でも日本の警察はハメたり、パクったりするから要注意だけど。日本の司法は死に体だしね。

寮生活、バンザイ、人間性こなれたよ

私が通っていた高校からはほとんど誰も大学に進学しなかった。進路指導部などない。国立大に行く人なぞいない。一人ひそかに勉強し、受かっちゃった。

合格通知が来るまで二週間あったので、その前に決まっていた社会保険事務所（年金機構）を辞めてきたら父母に叱られた。日本教育特別奨学金一カ月一万円、授業料年約二万円（当時）、寮三食つきで月三千円。父母がやっと納得してくれた。

寮は自治、青森から沖縄の人まで方言がとびかう。二人部屋、半年ごとに相手が変わる。六年のおじさんのような医学部の人、どうしているのかわからぬ夜昼逆の人も。それに先輩が夜中に沢山きて、なんやかんやと責める。

これファイアストームだとか、まあこれに耐えられれば仲間？にしてやるというしきたりとか。でもびっくりだー。私は昭和二十年四月九日に誕生した。日本の危機存亡の時で最も物がなかった時だ。だから、足も腕も手も小さく短い。私の二～三年後がベビーブームで、全てそれを機に社会が回った。だが小中高大と全て校舎の増築、移転、新築舎には入れなかった。逆コースで学芸学部から教育学部、職業が技術科に変更された。これはよくない。教える人ほど広い視野と学力を必要とするのはなってみればわかる。融通無碍の力だ。

今の人間は信念なし、マニュアル人間だ

そう、人間モドキだよ。学校が休講ばかりだ。

私はずっと「めだたない。はっきりしない。ぱっとしない」と通信簿に書かれていた。本質はそうかもしれないが、やっと入った大学で社会的にチャレンジした。その為か大学一の行事男に変身した。沢山の女《ひと》とつきあい、大学外の研修、寮祭その他の実行委員長。

それでその後、私は高校の教師をしながら十くらいの事業と建物をつくり、十八の本を出し、詩人であり、プロ作詞家だ。特に金にはならないものが多いが、楽しく、社会に役立つからやった。渋川初、群馬県、日本初のものもある。教員をしながら、社会福祉法人の理事長、消費生協の常任理事、選挙にも出た。

今の若者の問題、ニート、引きこもり、家庭、学校内暴力、いじめ、離婚、おか

しな子、気になる子。レストランで食事ができない。寮生活ができない。この連中に共通しているのは、人間が人間の中で育っていないから、人間関係がうまくできないこと。退社の理由にも多い。私の園のある職員の一人娘は大学の寮生活ができず辞め、市役所に勤めている人と子供までできてしまった。

大学の寮の名前は養心寮、私が心を養ったかどうかはあれとして、私は山奥から出てきたが、淋しくなかったし、毎日ドラマがあった。とても楽しかった。今振り返ると、会津の山猿がこの時人間的になれて、企画、洞察、組織、判断の能力をつけたから、長時間乳幼児保育所や学童館、渋川健全遊び場等々をつくれたのだと思う。この法人の土地は五千百坪だ。近くのお袋山や戸神山、逆川、里山は子供の天国だ。それらを含めると一万坪以上だ。誰も信じないが、そうなのだ。百聞は一見に如かず。来て見て欲しい。

この地は日本から独立した倭国会津県金島郡旭村だ。パスポートがいるけど？

ハントウ棒（登り棒）など大正時代から、幼保共に三メートル五十、小学校は五メートル、それがそれぞれ十五年前から二メートル、三メートル五十になった。うちの園の子は運動会でけやきの木につけた単管五メートルを年長児の半分は登る。子持小、北小、金島小、西小、南小、秋の小学校のマラソン大会は上位独占か一位だ。

真冬は五時半でも防寒着を着て広い庭で先生と園児がまさに跳び回っている。特別なことをしているわけではない。廊下や遊戯室のぞうきんがけ、昔の大正、昭和初期の子供が生活の中でしていたことをただしていただけだ。だからメタボなどない。山のお寺の鐘がなり、烏がなくから！　暗くなるから、それまでのままごと遊び、隣近所や異年齢集団の遊びをやめて帰るのだ。今、外で子供も誰も遊んでいない。古代から続いたこれがないということは、人間が生きる上で致命的なことになる、必ず。

スマホにケイタイ、ゲームにテレビ。

これで社交性、社会性はすっぽり抜ける。

必ずひどい社会になる、絶対にだ。

ジーンズ、なんだこりゃ

今日は久しぶり、冬なのに北風もなく穏やかな一日。暮れに渋川から高崎駅の電車に乗った。私は車にあまり乗らないが、電車もあまり乗らない。何かわからないが、工事現場や職人の働く現場をじーっと見るのが好きだ。失礼だが高校教員を二十年間したのでバスや列車の乗客を見て、このくらいの頭かなと考える時もある。およそはわかる。職業病ですね。でも他人に言うことは絶対にしない。

ふと乗客の男のズボンを見ると、ジーンズや、ごわごわとしたものをはいている人が七～八割なのに驚いた。よそゆきのズボンだと思っていたが、そうでもない。なぜ、こうなのか、ジーンズそのものが帆布生地で丈夫で主に作業着として用いられたものではないか。それなのに、どういう感覚なのだろう。

それに日本人は腰が高くなく、胴長で足が外国人より短い。こういうきついものは、あまり似合わないのではと、普段思っていた。何かこれを着るとハイカラ、またはアメリカ流にするとよいと思っているのか、などと日頃思っている。

日本人は、何でも外国のものを取り入れる。

クリスマス、バレンタイン、ハロウィン……、どうして分別なく取り入れ踊り出し舞い上がるのか。私がおかしいのか、考えている。アイシャドウなど、日本人は肌や皮膚がきめ細かいので、外国人のようにしなくても良いのに？　どうもアメリカに対して憧憬がすごくあるようだ。どうしてなのだろう。

正しくアメリカを認識していないのではないか。アメリカの真の姿、アメリカは五十くらいのステーツ（国）の国だ。人口三億人、年間予算約三百兆円、軍事費約七十兆円、全世界に七つの軍区を置いている。主な国が四兆〜六兆円なのに、だんとつだ。どうして、こんなことをしているのだろう。

私にもよくわからない。

アメリカは最初から現在まで移民の国だ。

原住民のインディアンは、痩せ地の岩だらけの所に追いこまれている。西部劇でアパラチア山脈をめぐっての戦いがあるが原住民が悪いかのように描かれている。正確にいえば、白人が侵略者だ。それから西へ西へとフロンティア精神で行き、遂に太平洋に達する。

アメリカに自由の女神がある。自由だと思っている人がいるが、今はアメリカンドリームなどはない。何でもおかしな自由だ。学校まで金持ちと貧乏人の行く所が四段階くらいに分けられ、貧乏人の所は五十人くらいのクラスで、生徒は先生の話をデータベースで見ている。

保険も大保険会社と裕福層のもので公的保険もケアプランとしてオバマ大統領が苦労して議会を通したのに、次期大統領はこれを破棄した。人権感覚がまるでない。

クークラックス団などは黒人を人間と思っていない。黒人こそアフリカから獣のように狩りをされ、船底に荷物として強制的に連れてこられ、奴隷として家畜のように働かされた。黒人にとってこの上ないいい迷惑だ。アメリカはこのような社会なので文盲が十五パーセントいるといわれる。

アメリカは三パーセントくらいの人がアメリカの財貨の六十パーセントくらいを保有している天文学的に差のある社会なのだ。だからアメリカンフットボールや野球など、ほんの一握りの人が十億、三十億の年収である。

とんでもない格差社会であり、金持ちは郊外の大邸宅を檻で囲い、ガードマンに警固され暮らし、平均五丁のピストルと銃を持っている。おそろしく時代遅れの国でもあるのだ。

廃刀令、廃銃令がいまだに出されていない唯一の国である。なんでも表には裏があり、せめて三角視点からものを見る、できれば東西南北上下から見る力を養うことだと思う。

最近日本人の水準がおどろく速さで落ちていると思うが、私だけだろうか、そう思うが。

でも日本の司法界よりはアメリカの司法界は少しましに機能している。これだけ

は救いだと思う。日本の作業着はもんぺやはかまだよ。これなら楽だよ。日本人に
ぴったしだし、しゃれたもんぺやはかまをメーカーさん、つくりなさい。スンバラ
シイものを、しゃれたものを。

群馬県庁は都庁に次いで二番目の高さ

北関東三県、群馬、栃木、茨城は、面積が狭いこともあるのか、知名度が低い。学力も経済も、下から二~三番目、目立たない。

それでなのか、県庁は大変なノッポビル。どこからでも見える。誰だ、こんなに金をかけたのは。面積はわかる、それにお風呂も台所もないので、坪五十万として計算すると百五十億となる。しかし建設額八百億、これどうなっているのでしょう。故小寺知事、残りの六百五十億円どうしたのでしょう。

群馬県会議員、県内首長に事実を手紙で伝えるも反応なし。マスコミもなし。事実行ってみると、三つのエレベーター、あちこちがガラポンの県庁。ただ高さだけ上げたのがよくわかる。国外では役所は普通の住宅の三倍程度でよく探さないとわからない。

群馬県庁は都庁に次いで二番目の高さ

民度が高いのですね。日本は？　役人度が高い？　ちなみに北関東三県は何でも下から二〜三番目。これ県財政からして、不釣り合いです。群馬県、昔は近江商人、最近は新潟県人によって経済が動かされている。群馬県人はおひとよしなんですかね。

官の仕事は民間の三倍です。ハイ

公立の幼稚園、保育園など、四億〜五億、民間は一億〜二億円、どうなっているの？

それも次の年、定員の半分以下、見通しまるでなし。

ある親しい建設会社の社長、「官の仕事は民間の三倍なんですよ」。税金だから、もっと大切に使って、民間より安くすべきじゃないのかね？　これじゃ、役所の仕事は、おいしいわけだよね。

受験にふりまわされる学校

授業確保の為に行事半減、これじゃできの悪い生徒だけでなく、誰でも学校が楽しくないよね。

そして更に学校まで予備校化。中学一年生から三者面談、昔は三年の秋一度だけだったよね。受験の為に運動会を秋から春へ。

一年生なんてなにもわかっていないんだよ。きわめつけは、ある女子高、冬に修学旅行に。京都の冬は寒いんです。やればいいというものじゃないんじゃない。

文科省は人工知能（AI）時代に対応し、思考力をつけるテストに切り換える？

文科省は一貫して教育基本法をないがしろにし、平和と民主的国民を養成するのでなく、全国の県の教育目標を「高い知性、たくましい体、伝統美を愛する（天皇を敬う）」に強引に誘導して、各県がほぼ同じく変更した。それだけでなく校長に命じ、各校の教育目標を従来の教育基本法に明示してあるものを、職員のほとんどの人の反対にもかかわらず、県の教育目標に改悪してきた。

それで育てられた最高傑作がオウム教信者である。高い知識を持った信者が「何が、どうして、何の為に」の思考がなくVXやサリンを製造し、国民に危害を与えた。果たして思考力を判定するテストをつくるだけで思考力がつくのか、そんなことで容易につくような状況なのか、まさにそこが問題だ。塾があるのは日本と韓国く

文科省は人工知能（AI）時代に対応し、思考力をつけるテスト
に切り換える？

らいだ。学校まで予備校にしたのは世界で日本だけだ。日本の全てで、塾や予備校等の教育産業は乱立、花盛りで、津々浦々でど派手にくりひろげられている。学校の行事を教科時間確保の名目で大幅に減らしている。私の勤めた学校の一つの例で言うと、三日かけた体育祭を一日に、弁論大会、林間学校、水泳大会の中止、屋上で休み時間に自主的にしていた合唱を禁止、学級壁新聞の禁止、秋の体育祭を春に、修学旅行を時には前に記したように冬にする。だから、学校が生徒の心を育てる場でなく単なる教科訓練校になり下がった。それでより人間的な指導をしている塾や予備校に勝てなくなった。その結果、生徒自らの予習、復習の根づきでなく、宿題の山である。この人間そのものをどう考えているのか、文科省、各教育委員会のやり方がいかに矛盾しているか検証してみよう。

人間は本来、考える動物であり、集団で生きる生き物である。豊かな沢山の主体的な生活体験、自然体験、社会体験があること、特に仲間との遊び、古代から続いていたままごと遊び、隣近所での夕方までの遊び、六歳から中学までの自主的異年

齢集団遊びがあって多くの竹馬の友がいることになる。それがあって、兎追いしかの山、小鮒釣りしかの川となり、背負われて見たのはいつの日か、十五でねえやは嫁にいった、ふるさとの山に向ひて言ふことなし、ふるさとの山はありがたきかなの詩となる。

現在の子供は誰も外で遊んでいない。友達は五百メートル先だ。超少子化だ。学力「生きる力」をつけるには生の体験によるイマジネーションが不可欠だ。

例えば「花」という漢字を覚えるのにAくんは、昨日ころんだ所に咲いていたタンポポの花、Bくんは父と行った川の岩のやまぶきの花、Cさんは、けさ母が玄関に活けてくれたバラの花、これがイメージとして前頭葉で描かれ、脳の末梢神経の突起のあるシナプスとシナプスが結びついて、はじめて理解していくのだ。これなくしては、ただ一瞬の間の電影として残るだけだ。砂の器と同じく、消えさる。人間の脳は超微弱の電流とホルモンで動いているのではないか。

日本に土建行政はあっても町づくり行政は皆無だ。私は毎日新聞の郷土提言賞と町のふるさと論文で、ふれあいとなじみの専門歩道とプレイランド、湧水ランド、なんでもハウス、山麓の散策道で子供からお年寄りの居場所づくり、そして親水広場、ロッジとコート、花による人寄せ場、町づくりを提案した。

ヨーロッパでは車は郊外に、アゴラ（広場）を中心に住宅、図書館（図書室・文庫）。

住宅地には車は来ない。そしてなんでも広場があり、五時に帰る父母とボランティアの部活動（日本だけだ、学校で部活をしているのは）と楽しくしている。この町づくりが日本にはない。コンクリート国家だ。都市計画課は区画整理やイベント屋にすぎない。お粗末すぎる。

相田みつを氏（詩人・書家）ではないが、根はぶっとく、深くだ。その根、茎が全くなく、イマジネーションがなく、自分で主体的に辞書びき、参考書で時には同じ問題を一週間かけて解く。そういう苦労なくして、どうして知識を使いこなせるのか。こなせない。受け身の、または教科訓練で、または宿題漬けで、こなせない、絶対にだ。

だから学歴をつむほどバカになっている。

医者、弁護士、会計士に多い。心のキャッチボールができず、一方的にしゃべりまくる人が多くなっている。東大を出て、そのネームバリューを利用して塾を開いている人がなんと多いこと。社会のなかで、仲間と仕事ができないのだ。各役所の各課にコミュニケーションがとれない大学出の人が二人くらいいる。よく見てみて下さい。

時代に応じて町づくり、システムづくり。

学校の姿を根本的に変えることなしに、人間の本来の本質的能力――洞察力、分析力、組織力、企画力、判断力、決断力――はつかない。この力こそ人工知能がつけることができない、人間の能力だ。この能力はテストを変えることなどではつかない。このことが日本の大人、政治屋、文科省はわかっていない。時すでに遅しと私は思うが、どうだろう。

最近町でよく見かけるもの、見えるもの

まず、昔の百貨店、デパートが元気がない。

車社会だからね。どうしても町の中心、繁華街に位置していたからね、三越など撤退している。

それと新しい医者の看板が多いこと。そこらじゅう、電柱の半分は医者でしめられている。これでもか、これでもかだ。

それと弁護士も多くなったね、医者ほど派手ではないけど、数を多くしたからね。

各地の団地が老人団地になっているね。ベビーブームの人達が今六十八〜七十歳、もう団地の祭りも行事もできない。弱ったね。それとマンションも耐震構造じゃないから、建て直すといったって、老人じゃね、弱りましたね。それとファッションなんかボロのようなものをヒラヒラさせている女性が多いね。あれなんなの、ちゃ

んとしまっておきなさいよ。私は女子高の先生だったんだけど、私の教えた学校の生徒なんか、清楚そのもので憧れた。さぱっとした髪に紺の制服にちょうど良いスカートに白いくつした、首には学年ごとの赤青紺のリボン、紺の手提げカバン。今は長い、または超短いスカート、黒のストッキング、さまざまな色のリュックサックか、ずた袋、リボンなし、口紅をつけた生徒、つけ睫毛をつけた生徒、もうキャバクラかねー。美しくない。

街中のかつての商店街がシャッター街か更地や空き地、郊外に安いスーパーやモール、ショッピングセンター、ホームセンター。

最近レジがセルフ化。DVDのTSUTAYAもそうだ。半ロボット化だね。個人ガソリンスタンドの閉鎖、アパート稼働率三割、ガラポン。それでもアパートは増加。太陽電池が広大にあちこちに、酉の市、初市、祭り、選挙、人が来ない、出ない。街も田畑も野原も大人や子供も誰もこない。あちこち塾ばかり。レストランあちこち閉鎖、個人商店、全滅に近い。

リュックサックを背負う老人、あちこち老人デイサービス、稼働率五〇パーセント。

村も町も人のたむろする場がない。つくらなかった。

村や町、ほとんど借金の山。大人のDVD屋あちこち、働かない風来坊あちこちに、体はしっかりしているのに、タバコを吸い、ジュース片手に。

どこも役所の建物がご立派である。農協はいらない建物ばかりつくる。パチンコ店健在、賭事場、どこも閑散。競馬場、破産。競輪、競艇場、モーターバイク場、どこも人少なし。お店の洋服、昔の半分か三分の一の値段。田畑の休耕地に木が、林が生える。どんどん人口が減っている。どんどん貧しくなっているのが見えてくる。見えてくる。

渡部　平吾（わたなべ　へいご）

昭和20年４月９日生まれ
群馬大学学芸学部卒業
埼玉県所沢市立山口小学校勤務（１年）
群馬県内高校勤務（20年）
コスモス福祉会理事長（５年）
北部県民生協常任理事（８年）
社会福祉法人平和福祉会理事長兼各施設長
○パンジー保育園分園子育て支援センター（メダカクラブ）
○わかば児童館、あかしあ学童館
○有料老人サービスセンター（なかま）、薬湯（こころ）
○渋川健全遊び場（なかよし）
毎日新聞郷土提言賞優秀賞
吾妻町ふるさと論文優秀賞

［著書］
『現代子ども環境』（みずち書房、1991）
『マルを描けない子供たち』（上毛新聞社、1996）
『飛び出せ！お父さん』（文芸社、1999）
『社会に立てない若者』（文芸社、2001）
『新　保育園物語』（文芸社、2002）
『こんな日本にどうしてなったのか』（ごま書房、2003）
『子どもの心を育てる学童保育と児童館』（ごま書房、2004）
『日本社会崩壊のシグナル』（文芸社、2008）
『底なしの教育腐敗』（ごま書房新社、2010）
『世界一ダメになった日本人の子育て』（ごま書房新社、2011）
『青い川　上・下』（ごま書房新社、2012）
『子どもの心を育てる学童保育と児童館』（ごま書房新社、2013）
『社会人へのパスポート』（ごま書房新社、2013）
『誰でもわかる新エネルギーの話』（ごま書房新社、2014）
『子どもは遊びの天才』（ごま書房新社、2015）
『どうして日本人はこんなにバカになったのか　誰が？　なぜ？』（文芸社　2015）
『詩集　エメラルドグリーンの湧水』（文芸社、2017）

世に問う・心眼

2017年8月3日　初版第1刷発行

著　者　渡部平吾
発行者　中田典昭
発行所　東京図書出版
発売元　株式会社 リフレ出版
〒113-0021　東京都文京区本駒込 3-10-4
電話 (03)3823-9171　FAX 0120-41-8080
印　刷　株式会社 ブレイン

ISBN978-4-86641-081-4 C0095
Printed in Japan 2017

ご意見、ご感想をお寄せ下さい。

［宛先］〒113-0021　東京都文京区本駒込 3-10-4
東京図書出版